# Entre nos deux peaux

*Une romance sincère, confrontée aux réalités du racisme, des différences culturelles, et de la résilience de l'amour.*

Harmonie J.

Chapitre 1 : La terrasse aux mots

Chapitre 2 : Esquisses

Chapitre 3 : Café brûlant, regards glacés

Chapitre 4 : Les silences qui blessent

Chapitre 5 : Nuits aixoises

Chapitre 6 : Une invitation au goût amer

Chapitre 7 : Lignes de faille

*Chapitre 8 :* : La rencontre décisive

*Chapitre 9* : Le prix du courage

*Chapitre 10* : Les cicatrices du passé

*Chapitre 11* : Les promesses fragiles

*Chapitre 12 : Le silence entre deux continents*

*Chapitre 13* : Ce qu'il reste à dire

*Chapitre 14 : Une maison pour deux âmes*

*Chapitre 15 : La peau des promesses*

## Chapitre 1 : La terrasse aux mots

Aix-en-Provence, un matin de septembre. L'air avait cette douceur particulière du sud, tiède et légèrement parfumé. Louane s'installa à la terrasse de son café préféré, un carnet Moleskine posé devant elle, un cappuccino fumant à sa droite, et une pile de manuscrits annotés à gauche. Elle venait tout juste de poser ses valises dans cette ville lumineuse, espérant que ses ruelles pavées et ses fontaines anciennes réveilleraient l'inspiration que Paris lui avait volée.

Trente-deux ans, écrivaine à mi-temps, rêveuse à plein temps. Louane avait publié deux romans qui avaient rencontré un succès d'estime, mais elle peinait à écrire le troisième. Les mots ne coulaient plus. Trop de doutes, trop de peur de décevoir. Alors elle s'était réfugiée à Aix, loin du bruit, des attentes, et de son ex trop toxique.

Elle leva les yeux un instant de ses pages gribouillées, juste au moment où un homme traversait la rue. Il marchait avec assurance, un rouleau de plans sous le bras, vêtu d'une chemise blanche impeccable et d'un pantalon beige élégant. Sa peau sombre captait la lumière comme du bronze poli. Il s'arrêta devant l'hôtel particulier en rénovation, à quelques mètres de la terrasse. Son regard se posa brièvement sur elle, sans insistance, juste assez pour qu'elle sente une vibration étrange lui parcourir l'échine.

Malik.

Elle ne savait pas encore son prénom, mais il venait de s'imprimer dans son regard comme un marque-page glissé entre deux lignes.

Il parlait au téléphone, dans un français à l'accent léger, presque musical. Elle ne comprit pas tout, juste quelques mots sur une façade, un mur porteur, des délais à respecter. Architecte ? Certainement. Il avait ce calme et cette précision dans les gestes qui trahissaient l'habitude de construire, d'ordonner, de penser en volumes.

Lorsqu'il raccrocha, il prit quelques photos du bâtiment, puis se retourna vers la terrasse. Leurs yeux se croisèrent à nouveau. Cette fois, un sourire. Léger. Sincère.

Louane sentit ses joues s'empourprer. Elle baissa les yeux vers son café, comme une adolescente surprise. Quand elle releva la tête, il était déjà parti, absorbé par son chantier.

Mais dans le silence qui suivit, entre deux pages de son roman en suspens, elle écrivit une phrase inattendue :
"Il était comme une porte entrouverte sur une histoire que je n'avais pas encore imaginée."

## Chapitre 2 : Esquisses

Le lendemain, à la même heure, Louane revint s'asseoir à la terrasse. Son carnet était resté ouvert toute la nuit, comme si les mots s'étaient figés à l'endroit précis où elle avait écrit cette étrange phrase sur l'homme inconnu. Elle tentait de la relire, mais ses pensées divaguaient.

Et puis, comme la veille, il apparut.

Même démarche, même élégance tranquille. Mais cette fois, il s'arrêta net en la voyant. Un léger étonnement passa dans ses yeux, suivi d'un sourire presque complice.

— On dirait qu'on a le même sens du timing, dit-il en s'approchant.

Louane sourit, un peu déstabilisée par sa voix grave, posée, chaleureuse.

— Ou le même café préféré.

Il jeta un coup d'œil à sa table, aux feuilles remplies d'encre et aux ratures nerveuses.

— Vous écrivez ?

Elle hocha la tête.

— J'essaie, en tout cas. Des romans. Enfin... j'en ai écrit deux. Là, je rame.

— L'inspiration a besoin d'air frais, répondit-il. Et ici, il y en a à revendre.

Il hésita, puis désigna la chaise vide en face d'elle.

— Je peux ?

— Bien sûr.

Il s'assit, posa ses plans sur ses genoux, et tendit la main.

— Malik.

— Louane.

Le contact fut bref, mais laissa une chaleur étrange dans sa paume.

— Vous travaillez sur ce bâtiment en face ? demanda-t-elle.

— Oui, c'est une restauration. Un vieil hôtel particulier classé. On essaie de lui redonner vie sans trahir son histoire.

— C'est une belle mission, dit-elle. J'aime l'idée de faire renaître quelque chose sans l'effacer.

Il la regarda, intrigué par la manière dont elle disait les choses. Comme si chaque mot pesait, chaque image comptait.

— Et vos romans, ils parlent de quoi ?

Elle haussa les épaules.

— De femmes qui cherchent leur place. D'amours imparfaits. De silences trop longs. Rien de très joyeux.

— C'est ce qui est vrai, souvent, non ? Ce qui est un peu cassé.

Elle acquiesça en silence. Elle n'avait pas souvent rencontré quelqu'un qui parlait avec autant de sincérité, sans fioritures.

Il ouvrit ses plans, les déploya entre eux. Elle se pencha, curieuse.

— Tu me montres ?

— Bien sûr. Tu vois cette façade ? On garde les moulures d'origine. Et ici, ce sera une bibliothèque. Il y avait une cave, mais on va l'ouvrir pour laisser passer la lumière.

Il parlait avec passion. Et Louane se laissa entraîner dans ce monde de lignes, de courbes et de lumière. Il construisait, elle écrivait. Deux formes d'art qui, à cet instant, se répondaient.

Quand il se leva, une heure plus tard, elle avait presque oublié qu'ils venaient à peine de se rencontrer.

— À demain ? proposa-t-elle sans trop réfléchir.

— À demain, confirma-t-il avec un sourire.

Et tandis qu'il s'éloignait, elle reprit son stylo et nota :
"Certains regards ne se croisent pas par hasard. Ils dessinent les fondations de ce qui peut devenir une histoire."

## Chapitre 3 : Café brûlant, regards glacés

Les jours passaient, et chaque matin ramenait Malik à la terrasse du café. Leur complicité grandissait, discrète mais sincère. Il y avait une douceur dans leurs échanges, une lenteur assumée. Louane n'avait pas envie de précipiter quoi que ce soit, et Malik semblait comprendre ça instinctivement.

Un samedi, Louane l'invita à un brunch chez une amie écrivaine, dans une maison lumineuse au-dessus du cours Mirabeau. Quelques auteurs, une éditrice, deux photographes — l'ambiance était détendue, vaguement bohème. Malik accepta, curieux de découvrir ce monde de mots qui entourait Louane.

Elle lui sourit en chemin :

— Ce ne sont pas des gens méchants, juste... parfois un peu enfermés dans leur confort.

— Je suis architecte, je connais les murs, répondit-il avec un clin d'œil.

Tout semblait bien se passer au début. Malik parla de son travail, de son enfance à Douala, de ses études à Lyon, de ses projets à Aix. Certains l'écoutaient avec intérêt sincère, d'autres... avec cette politesse trop parfaite qu'on reconnaît à force de la subir.

Un homme, Hugo, éditeur parisien aux lunettes cerclées d'or, posa une question anodine, mais au ton étrangement condescendant :

— Et vous avez toujours voulu venir en France ? Ou c'est... le hasard ?

Malik pinça les lèvres.

— J'ai surtout toujours voulu construire. Peu importe le pays. Mais oui, la France m'a offert cette opportunité.

Une femme intervint, souriante, mais maladroite :

— Et vous parlez si bien français ! C'est incroyable, on ne dirait pas.

Louane sentit son estomac se crisper. Elle vit le regard de Malik se durcir un instant, puis redevenir neutre. Il se contenta de répondre calmement :

— Le Cameroun est francophone. Le français est une de nos langues officielles.

Le silence qui suivit fut gênant. Louane tenta de réorienter la conversation, de parler de livres, de musique, de voyages. Mais l'ambiance avait changé.

Quand ils quittèrent la maison, Malik resta silencieux en marchant. Louane, nerveuse, brisa le silence :

— Je suis désolée pour... ce qu'ils ont dit. C'était maladroit, vraiment.

— Ce n'était pas maladroit, Louane. C'était méprisant. Et tu n'as rien dit.

Ses mots tombèrent comme une gifle douce mais juste.

— Tu aurais pu intervenir. Me défendre. Dire que ce n'était pas acceptable.

Elle se mordit la lèvre.

— J'ai figé. Je voulais pas créer un malaise...

— Il y avait déjà un malaise. Et c'était le mien.

Ils s'arrêtèrent au pied de son immeuble. Louane le regarda, les yeux brillants.

— Tu as raison. Je suis désolée. J'aurais dû dire quelque chose.

Il soupira, pas en colère, juste fatigué.

— Ce n'est pas la première fois que je vis ça. Mais quand ça vient de ton entourage, c'est plus dur à avaler.

— Je te promets que ça ne se reproduira pas.

Il la fixa, longtemps, puis hocha la tête.

— D'accord. Mais je veux que tu comprennes... être avec moi, ce ne sera pas toujours facile. Pas à cause de moi. À cause du regard des autres.

Elle tendit la main et effleura la sienne.

— Je ne veux pas de facilité, Malik. Je veux la vérité.

Il sourit faiblement.

— Alors, on verra si tu es prête à marcher sur ce chemin.

Ce soir-là, elle ne dormit pas. Elle pensait à ses silences, à ses maladresses, et à ce qu'elle était prête à changer pour lui.

## Chapitre 4 : Les silences qui blessent

Les jours suivants, Louane sentit une distance subtile s'installer entre eux. Malik venait toujours au café, mais son regard était plus flou, ses sourires moins pleins. Elle respecta son silence au début, croyant qu'il avait besoin d'espace. Mais au fond, elle savait que c'était plus profond. Plus fragile.

Un matin, elle prit son courage à deux mains et s'assit face à lui, sans carnet, sans café. Juste elle.

— Tu m'en veux encore ? demanda-t-elle, la voix douce.

Il releva les yeux de ses plans. Son regard était calme, mais ses épaules trahissaient une fatigue intérieure.

— Non. Mais j'essaie de comprendre... si toi et moi, ça a vraiment une chance.

— Malik...

— Tu sais, Louane, pour toi c'était juste un moment inconfortable. Pour moi, c'est un rappel. Que même quand je suis respecté, cultivé, intégré... on me ramène à ma couleur. À ma différence. Toujours.

Il s'arrêta, cherchant ses mots.

— Et parfois, même les gens bien ne voient pas. Ne réagissent pas. Parce qu'ils n'ont pas à porter ça.

Elle sentit un nœud se former dans sa gorge. Elle avait toujours cru être ouverte, tolérante, consciente. Mais elle se rendait compte qu'elle n'avait jamais vraiment écouté ce que signifiait vivre dans une peau qu'on juge en un regard.

— Je veux apprendre, Malik. Comprendre ce que je ne vois pas. Pas pour te sauver, pas pour me déculpabiliser. Juste pour… ne plus me taire. Pour te soutenir vraiment.

Il la regarda longuement.

— Et si ça devient lourd ? Si ma colère te fait peur ? Si un jour, ta famille, tes amis, ton entourage, me regardent comme eux, et que tu dois choisir ?

Elle prit une inspiration.

— Alors je choisirai. Toi. Même si ça me bouscule, même si je me trompe parfois. Je veux marcher avec toi. Pas à côté. Avec.

Il la fixa un instant, puis posa doucement sa main sur la sienne.

— Merci de ne pas fuir.

Elle serra ses doigts.

— J'ai trop longtemps fui ce qui me faisait peur. Ce qui m'obligeait à me regarder en face. Mais toi... tu me fais envie de grandir.

Un silence doux s'installa entre eux. Un silence qui ne blessait plus, mais réparait.

Le soir même, elle lui envoya un message :

> "J'ai commencé à écrire quelque chose. Ce n'est pas un roman. C'est toi. Tes mots. Tes silences. Ce que j'apprends à voir. Tu me permets de continuer ?"

Il répondit quelques minutes plus tard :

> "Écris. Mais n'oublie pas de vivre aussi. On a une histoire à construire, pas juste à raconter."

## Chapitre 5 : Nuits aixoises

L'été indien s'étirait sur Aix-en-Provence, enveloppant la ville d'une douceur presque irréelle. Louane et Malik s'étaient rapprochés à nouveau, plus profondément encore, comme si leur première fissure avait permis à leurs âmes de mieux se reconnaître.

Ils passaient désormais leurs soirées ensemble, dans la lumière chaude de l'appartement de Louane ou sur les marches du Cours Mirabeau, un cornet de glace à la main. Leur complicité était fluide, ponctuée de rires, de silences apaisants, de regards qui parlaient davantage que les mots.

Un soir, après une journée harassante sur son chantier, Malik frappa à sa porte avec une bouteille de vin, du fromage et du pain. Il avait laissé tomber la chemise pour un t-shirt simple qui moulait ses épaules. Louane l'accueillit en short et t-shirt, les cheveux relevés en chignon décoiffé.

— J'avais besoin de te voir, dit-il en entrant.

Elle le fit asseoir sur le canapé et servit deux verres.

— Raconte-moi.

Il soupira.

— J'ai reçu un appel de ma mère.

Louane se figea. Ce nom, jusqu'ici, n'avait été qu'un contour flou. Elle savait qu'il y avait un sujet douloureux là. Et elle pressentait que ce moment arriverait.

— Elle a appris que je... vois quelqu'un. Une femme blanche.

— Et ?

— Et elle n'a pas bien réagi.

Il but une gorgée, puis ajouta :

— Elle m'a dit que les femmes blanches ne comprennent jamais vraiment notre monde. Qu'elles regardent sans vraiment voir. Qu'elles prennent, puis partent. Comme des touristes de l'âme.

Louane sentit un frisson la traverser. Pas de colère. Plutôt une tristesse ancienne qu'elle devinait derrière ces mots.

— Je ne suis pas une touriste, Malik.

— Je sais. Mais elle ne te connaît pas. Et elle n'a pas envie de le faire.

— Tu veux... que je m'éloigne ? Pour éviter des tensions avec elle ?

Il la regarda longuement, puis secoua la tête.

— Non. Je veux qu'elle ouvre les yeux. Je veux qu'elle voie ce que moi je vois quand je te regarde.

— Et si elle refuse ?

— Alors c'est elle qui perd. Pas moi. Pas nous.

Ils restèrent un moment en silence. Puis Louane se leva, s'approcha de lui et s'agenouilla devant le canapé, ses mains sur ses genoux.

— Je ne te demande pas de choisir entre ta mère et moi. Je te demande juste... de me laisser essayer. D'être là. Même si c'est inconfortable. Même si je dois mériter sa confiance, cent fois plus qu'une autre.

Il glissa ses doigts dans ses cheveux.

— Tu mérites déjà plus que ce qu'elle est capable de voir.

Cette nuit-là, ils firent l'amour pour la première fois.

Ce n'était pas une étreinte passionnée de roman. C'était lent, attentif, comme une conversation charnelle. Un langage de peau, de soupirs, de battements de cœur désynchronisés qui trouvaient peu à peu leur rythme commun.

Quand Louane se réveilla au petit matin, blottie contre lui, elle comprit une chose : elle n'avait jamais aimé comme ça. Pas avec cette conscience, cette urgence douce, cette lucidité.

Et elle savait aussi que l'histoire ne faisait que commencer.

# Chapitre 6 : Une invitation au goût amer

Quelques jours après leur nuit ensemble, Malik reçut un message inattendu de sa mère.

> "Si cette femme tient vraiment à toi, qu'elle vienne me voir. Chez moi. Dimanche."

Louane était dans la cuisine de son petit appartement lorsqu'il lui lut ces mots. Elle se retourna, une tasse de thé à la main, le regard interrogateur.

— Elle veut me voir ? demanda-t-elle.

— Oui. Je pense que c'est une sorte de test. Ou un piège. Je ne sais pas.

Louane se tut un instant. Elle avait peur, bien sûr. Peur de n'être qu'un cliché aux yeux de cette femme. Peur de ne pas être assez. Mais elle savait aussi qu'elle ne pouvait pas reculer.

— J'irai.

Malik la fixa.

— Tu en es sûre ? Tu n'as rien à prouver à qui que ce soit.

— Peut-être. Mais si on veut construire quelque chose tous les deux... alors je dois aussi rencontrer tes fondations. Même celles qui tremblent.
Le dimanche arriva plus vite qu'elle ne l'aurait voulu.

Louane avait choisi une robe simple, bleu nuit, et attaché ses cheveux. Pas pour plaire. Pour montrer du respect. Malik, lui, était silencieux tout au long du trajet en voiture. Lorsqu'ils arrivèrent devant la petite maison en périphérie d'Aix, son corps entier semblait tendu.

Ils franchirent le portail. Sa mère attendait sur le pas de la porte. Une femme au port droit, au regard perçant, habillée d'un boubou élégant, les bras croisés.

— Bonjour, maman, dit Malik.

— Bonjour, répondit-elle sans un sourire, les yeux rivés sur Louane. C'est donc elle.

Louane s'avança.

— Bonjour madame. Je suis Louane. Enchantée de vous rencontrer.

Elle ne répondit pas à la main tendue. Juste un hochement de tête sec. Puis elle les invita à entrer.

Le salon était impeccablement rangé, orné de photos de famille, d'objets ramenés du Cameroun, de tentures colorées. Louane s'y sentit immédiatement étrangère. Trop blanche. Trop silencieuse.

Elles s'assirent. La mère de Malik servit du thé à l'hibiscus, en silence. Puis elle parla, d'une voix douce mais tranchante.

— Qu'est-ce que vous cherchez, mademoiselle ? Un peu d'exotisme ? Une histoire à raconter dans un livre ?

Louane sentit le coup, mais ne baissa pas les yeux.

— Je ne cherche pas une histoire. Je vis une relation. Et je suis amoureuse de votre fils.

Un silence pesant suivit. Malik, à côté d'elle, restait figé.

La mère pencha légèrement la tête.

— Vous pensez vraiment comprendre ce que cela implique ? D'être avec un homme noir, avec un passé, une culture, une histoire qui ne vous ressemble en rien ?

— Non, répondit Louane. Je ne comprends pas tout. Mais j'apprends. Et je ne veux pas l'aimer malgré ses différences. Je l'aime aussi grâce à elles.

Un éclair traversa le regard de la mère. Presque une surprise.

— Beaucoup de femmes de votre monde disent cela. Mais à la première difficulté, elles partent. Elles laissent des fils blessés, des cœurs qu'on doit recoudre seuls.

Louane sentit sa gorge se serrer, mais elle tint bon.

— Je ne suis pas elles. Je ne suis pas parfaite. Mais je suis là. Et je resterai.

Elle se leva doucement.

— Je vous laisse le temps de me connaître, madame. Mais je ne m'excuserai pas d'aimer votre fils.

Elle tourna les talons. Malik se leva à son tour, les yeux brillants, et la suivit dehors.

Dans la voiture, il ne dit rien pendant plusieurs minutes. Puis, d'une voix rauque :

— Tu as été incroyable.

Elle tourna la tête vers lui.

— Je tremblais de l'intérieur.

— Tu as tenu tête à ma mère. Et tu l'as fait avec dignité.

Il lui prit la main.

— Je crois qu'elle t'a entendue. Même si elle ne le montre pas encore.

Louane regarda la route défiler.

— J'espère. Parce que moi, je suis prête à la connaître. Même si elle me repousse au début.

— On va faire ce chemin ensemble.

Elle acquiesça. Elle savait que ce n'était que le début. Mais elle avait franchi la première porte. Et derrière, il y avait peut-être une chance.

## Chapitre 7 : Lignes de faille

Les jours qui suivirent l'ultimatum de la mère de Malik furent chargés. Louane s'enfonça dans ses écrits, cherchant une forme de réconfort dans ses personnages, mais le poids des paroles de la mère de Malik lui revenait sans cesse. Le doute s'insinuait lentement dans son esprit, parfois plus fort, parfois plus sournois. Et pourtant, elle savait au fond d'elle qu'elle ne pouvait pas reculer. Elle ne voulait pas.

Ce n'était pas le regard de sa mère qui allait définir son amour. Ce n'était pas le jugement des autres qui allait détruire ce qu'ils avaient commencé à bâtir.

Mais Malik, lui, semblait plus distrait ces derniers jours. Plus distant, plus préoccupé. Il parlait moins de ses projets, de ses rêves. Il était là, mais quelque chose clochait. Louane sentait qu'il y avait quelque chose qu'il ne lui disait pas. Elle se résigna finalement à lui poser la question qui lui brûlait les lèvres.

Un soir, alors qu'ils s'étaient retrouvés sur le toit de l'immeuble de Louane, une bouteille de vin rouge entre eux, elle brisa le silence.

— Malik, tu es loin ces derniers temps. Pas physiquement. Mais… émotionnellement. Qu'est-ce qui se passe ?

Il la regarda, ses yeux perdus dans le ciel d'un bleu nocturne, puis tourna la tête vers elle.

— Je suis fatigué, Louane. Fatigué de devoir expliquer, fatigué de devoir être plus fort que ce que je ressens. Chaque mot, chaque geste, chaque regard, c'est un combat. Je suis épuisé.

Elle se rapprocha de lui, tendit la main pour effleurer la sienne. Il la laissa faire, mais sans grande réaction.

— Je ne te demande pas de tout porter tout seul, Malik. Nous, on est un... Enfin, je veux dire, je veux être là. Tu n'as pas à tout garder pour toi.

Il ferma les yeux un instant, un soupir s'échappant de ses lèvres.

— C'est plus compliqué que ça. C'est... des années de petites blessures accumulées. Et parfois, je me demande si tu es prête à comprendre ça. Si toi aussi, tu ne vas pas finir par t'échapper quand ça devient trop lourd.

— Je ne vais pas t'abandonner, Malik. Ce n'est pas dans mes projets.

— Et si tu n'arrives pas à comprendre certaines choses ? Si tu te sens perdue dans des moments où je ne peux pas t'expliquer ? Il y a des choses que je ne peux pas dire. Pas parce que je ne veux pas, mais parce que c'est trop gros pour une seule personne.

Elle sentit une pointe de tristesse dans sa voix, comme un appel silencieux qu'elle n'avait pas vu. Un appel à la compréhension, à l'empathie.

— Malik... Je sais que je ne comprends pas tout. Je sais que c'est difficile pour toi. Mais je suis là, tu n'as pas à tout garder. Pas avec moi.

Il se tourna enfin vers elle, une lueur de reconnaissance dans le regard.

— C'est juste que... il y a cette ligne fragile, Louane. Entre ce que je suis et ce que les autres pensent que je suis. Entre ce que je ressens et ce que je suis censé ressentir.

Elle se pencha, son front se posant contre le sien, fermant les yeux.

— Je veux comprendre cette ligne. Je veux la franchir avec toi. Je n'ai pas de solution miracle, mais je te promets que je vais essayer. Chaque jour, je vais essayer.

Il la serra doucement dans ses bras, comme pour se rassurer, comme pour se convaincre que, peut-être, tout n'était pas perdu. Mais au fond de lui, il restait une blessure qu'il n'arrivait pas à guérir, une peur d'être toujours incompris.

La soirée se termina dans un silence confortable, mais lourd. Le ciel étoilé était d'un calme trompeur, comme si le monde autour d'eux continuait de tourner, indifférent à leurs luttes intérieures.

Le lundi suivant, Malik se rendit sur son chantier. Louane, elle, était plongée dans l'écriture de son dernier roman, une histoire de résilience, de rencontres difficiles, d'amours contrariées. Elle espérait y puiser des réponses, des réponses qu'elle n'avait pas encore trouvées dans la réalité.

Mais un message inattendu interrompit ses pensées. C'était Malik.

> "Ma mère a dit qu'elle accepterait de nous rencontrer à nouveau. Mais elle veut qu'on vienne ensemble. Dimanche prochain. Prépare-toi."

Louane sourit, une lueur d'espoir traversant son cœur. Peut-être qu'il y avait une chance. Peut-être que, tout comme elle, sa mère était prête à voir au-delà des apparences. Mais, comme toujours avec Malik, rien n'était jamais aussi simple.

## Chapitre 8 : La rencontre décisive

Le dimanche arriva plus vite qu'ils ne l'avaient anticipé. Malik et Louane se préparèrent dans un silence presque cérémonieux, un mélange de nervosité et d'espoir suspendu dans l'air. Louane s'habilla dans une robe blanche simple, mais élégante, cherchant à faire bonne impression sans en faire trop. Elle se maquilla légèrement, juste assez pour se sentir elle-même, mais pas trop pour ne pas paraître artificielle.

Quand elle se tourna vers Malik, il la regarda un instant, l'air préoccupé,

Le trajet de retour à Aix en Provence fut plus calme, mais une sensation étrange flottait dans l'air. Louane et Malik n'étaient pas encore tout à fait sûrs de ce qui venait de se passer. La rencontre avec la mère de Malik avait été un mélange de tension, de défis et d'une ouverture timide, mais ce n'était pas la fin. C'était juste un début, un pas de plus dans un voyage encore incertain.

Une fois arrivés à l'appartement de Louane, Malik prit une grande inspiration avant de se tourner vers elle.

— Je ne pensais pas que ce serait aussi difficile. Mais… je crois qu'elle a vu ta sincérité. C'est un bon début. Mais je ne veux pas te mentir, Louane. Il y a encore beaucoup de choses à surmonter.

Louane hocha la tête, son regard fixé sur lui.

— Je sais. Mais je ne suis pas là pour reculer. Je veux que tu saches ça. Peu importe les obstacles, je tiens à toi. Je suis prête à faire face à tout, même si ça signifie qu'on doit y aller lentement.

Il lui sourit légèrement, la gratitude dans ses yeux. Puis il se pencha vers elle et l'embrassa doucement, un baiser qui portait toute la tendresse qu'il avait mis de côté pendant trop longtemps.

— Merci, Louane. Je... je sais que je t'ai demandé beaucoup de choses, et parfois, j'ai l'impression que ça va trop vite pour toi. Mais je suis heureux que tu sois là.

— C'est à ça que sert une relation, Malik. À avancer ensemble. Pas à se cacher derrière des murs.

Ils restèrent ainsi quelques minutes, tous les deux perdus dans la chaleur de l'instant. Puis Louane se redressa légèrement, regardant Malik avec un regard déterminé.

— La route est encore longue, mais on est ensemble. Et ça, c'est déjà un bon début, non ?

Malik acquiesça, son regard toujours fixé sur elle.

— Un excellent début.

Les jours qui suivirent furent marqués par une certaine légèreté. Bien que la mère de Malik n'ait pas encore totalement accepté Louane, elle n'avait pas non plus rejeté leur relation. Ils avaient tous deux compris qu'il faudrait du temps pour que la situation évolue, mais Louane était prête à faire face à tout. Elle savait que les blessures du passé de Malik ne se guériraient pas du jour au lendemain, et que sa mère, bien que plus ouverte qu'avant, avait encore beaucoup de préjugés à surmonter.

Un soir, alors qu'ils dînaient ensemble, Malik reçut un appel. C'était de sa mère.

— C'est étrange... dit-il après avoir raccroché. Elle veut qu'on revienne. Elle a dit que c'était important.

Louane le regarda, un léger frisson courant dans son dos.

— Qu'est-ce qui se passe ? Elle veut encore nous tester ?

— Je ne sais pas. Mais cette fois, elle a dit que c'était pour parler de... nous. Je ne sais pas ce qu'elle veut dire par là, mais je pense qu'il est temps de découvrir si cette ouverture est réelle ou juste une façade.

Louane prit une profonde inspiration, son esprit en proie à un tourbillon de pensées. Elle se leva, se dirigea vers la fenêtre, observant la vue sur la ville d'Aix. Les lumières dansaient dans la nuit, comme un écho de l'incertitude qui régnait dans son cœur.

— Malik... j'ai peur. Pas de toi. Pas de nous. Mais de ce que cela pourrait signifier pour moi. Pour toi. Pour nous deux.

Il se leva à son tour, s'approcha d'elle, et posa une main rassurante sur son épaule.

— Je comprends. Mais je suis là. On est ensemble dans tout ça. On est déjà passé par des épreuves. La suite... on la vivra ensemble. Quoi qu'il arrive.

Elle se tourna alors vers lui, une lueur de résolution dans les yeux.

— Alors, allons-y. Allons voir ce qu'elle veut vraiment. Mais cette fois, je n'ai pas l'intention de reculer.

Ils arrivèrent chez la mère de Malik une heure plus tard. Cette fois, il n'y avait pas de porte qui s'ouvrait avant qu'ils n'aient eu le temps de sonner. Cette fois, c'était la mère de Malik qui les attendait, mais cette fois, il y avait un air différent, moins de défi dans ses yeux, moins de froideur.

Elle les fit entrer, les conduisant directement au salon. Louane se sentit à la fois tendue et pleine d'espoir. Malik, à ses côtés, semblait toujours sur le qui-vive, mais il n'y avait plus cette peur palpable qu'il avait montrée lors de leur première rencontre.

La mère de Malik les invita à s'asseoir, puis, après quelques minutes de silence, elle prit enfin la parole.

— Je vous ai invités ici pour vous parler, pour voir si ce que vous ressentez l'un pour l'autre est réel. Parce que, même si je n'accepte pas tout ce que vous représentez, je vois que vous êtes sincères. Et je vois que mon fils a trouvé quelqu'un qui ne l'abandonnera pas, même quand les choses deviennent difficiles.

Les mots de la mère de Malik, bien que pesés et mesurés, étaient lourds de sens. Il y avait dans sa voix une reconnaissance, une sorte de passage que Louane n'avait pas vu venir.

— Mais... il y a encore des choses que tu dois comprendre, Louane. Mon fils ne porte pas seulement ses rêves et ses aspirations. Il porte aussi l'histoire d'un peuple, d'une culture, d'une souffrance que beaucoup, comme toi, ne connaissent pas. Alors, même si je te laisse une chance, sache que ce n'est pas facile. Pour lui, pour moi, pour vous.

Louane la regarda, une détermination nouvelle dans le regard.

— Je comprends. Je ne prétends pas tout savoir. Mais je suis prête à apprendre. Je suis prête à me battre pour ce qu'on a construit. Pour vous, pour lui. Pour nous.

Il y eut un long silence, avant que la mère de Malik ne se lève et se dirige vers la fenêtre. Elle fixa les lumières du quartier pendant un moment avant de se tourner vers eux.

— Alors, nous verrons ce que l'avenir nous réserve. Mais sachez que j'accepte de vous voir ensemble. À condition que vous soyez prêts à affronter tout ce que le monde a à offrir. Sans faiblir.

Louane sentit un poids énorme se soulever de ses épaules. La reconnaissance, bien que timide, était là. Malik lui prit la main, un sourire doux se dessinant sur son visage.

— Merci, maman.

Ils se levèrent, et la mère de Malik les accompagna à la porte, une dernière fois, non plus avec froideur, mais avec une acceptation silencieuse.

Quand ils sortirent de la maison, Louane se tourna vers Malik, une lueur de soulagement dans les yeux.

— C'était... différent, n'est-ce pas ?

Malik hocha la tête, un sourire sincère sur les lèvres.

— Oui. Mais ce n'est que le début. Le plus difficile reste à venir.

Mais pour la première fois, Louane sentit que les choses étaient possibles. Que leur amour, contre vents et marées, pourrait peut-être bien survivre à tout. Et elle était prête à l'affronter, coûte que coûte.

## Chapitre 9 : Le prix du courage

Les jours suivants la rencontre avec la mère de Malik furent marqués par un étrange calme. Louane et Malik avaient fait un pas de plus vers l'acceptation, mais le chemin restait semé d'embûches. Louane sentait que, bien qu'une porte se soit ouverte, il y avait encore beaucoup à faire pour que la mère de Malik, et le monde en général, accepte pleinement leur amour. Chaque geste, chaque mot semblait peser lourdement. Et, même si la mère de Malik avait accepté de les voir ensemble, elle n'avait pas donné son approbation totale. La route était encore longue.

Un matin, alors qu'ils prenaient un café ensemble, Malik se tourna vers Louane, une expression de concentration sur le visage.

— Louane... je dois te parler de quelque chose.

Elle le regarda, sentant la tension dans sa voix. Quelque chose n'allait pas.

— Qu'est-ce qu'il y a ? Tu as l'air préoccupé.

Il prit une profonde inspiration, comme s'il cherchait ses mots.

— Ce n'est pas facile pour moi de te le dire, mais... j'ai l'impression que tout ce que je fais, tout ce que je suis, est jugé. Et pas seulement par ma mère. Par les autres. Par... tout le monde.

Louane le fixa, essayant de déchiffrer la profondeur de ses paroles. Il y avait dans ses yeux une douleur qu'elle n'avait pas vue auparavant, une lourdeur qui pesait sur lui depuis trop longtemps.

— Tu sais que je suis là pour toi, Malik. Que tu te sentes jugé ou non, je suis là. Mais je comprends que ça doit être difficile de vivre dans une société qui te réduit à ta couleur de peau, à tes origines.

Il hocha la tête, son regard triste.

— Oui... mais ce n'est pas juste à cause de ma mère. C'est aussi les collègues au travail. Ce sont les regards dans la rue. Ce sont les petites remarques à peine dissimulées. Je suis fatigué de devoir toujours justifier ma place, mon existence. Et... je ne veux pas que ça t'atteigne, Louane.

Elle s'approcha de lui, posant une main douce sur la sienne.

— Malik, tu es plus que ce que les autres veulent te faire croire. Tu es un homme exceptionnel, un architecte brillant, et... un être humain avec une histoire qui mérite d'être entendue, pas jugée. Je sais que c'est lourd. Je sais que c'est épuisant. Mais tu n'as pas à le porter tout seul. Pas avec moi.

Il la regarda intensément, un mélange de gratitude et de confusion dans ses yeux.

— C'est facile à dire, Louane. Mais je vois parfois le regard des autres sur toi. Je sais que toi aussi, tu es affectée par tout ça, même si tu ne le dis pas. Ils te regardent comme si tu avais perdu quelque chose, comme si tu avais fait un mauvais choix. Et je ne veux pas être la cause de ça pour toi.

Elle secoua doucement la tête.

— Ce n'est pas toi qui es la cause, Malik. C'est la société. Et je ne vais pas fuir à cause de ce qu'ils pensent. Parce que si je pars à cause de ça, alors on n'aura plus rien. Et ce n'est pas ce que je veux.

Il la serra dans ses bras, une émotion brisée dans le geste, comme s'il cherchait à se réconforter de tout le poids qu'il portait sur ses épaules. Il était évident qu'il avait du mal à accepter l'idée que son passé, son héritage, son identité, étaient des charges qu'il devrait porter pour le reste de sa vie. Mais Louane refusait de le laisser sombrer dans la solitude de cette lutte.

— J'ai compris, Louane. Je ne veux pas te perdre. Je ne veux pas que tu portes ce poids avec moi. Mais si je te demande de partir, si je te demande de t'éloigner de moi, ce n'est pas parce que je ne t'aime pas. C'est parce que je veux te protéger de tout ce qui pèse sur moi.

Elle le repoussa doucement, mais avec fermeté, pour qu'il la regarde dans les yeux.

— Malik, je ne veux pas être protégée. Je veux être avec toi. Avec ce que tu es, avec tout ce que tu portes. Je ne vais pas fuir, pas cette fois. Si tu veux qu'on avance ensemble, alors on va avancer ensemble. Peu importe les obstacles.

Un silence s'installa entre eux, lourd mais porteur d'une vérité indiscutable. Malik savait que Louane avait raison. Elle était prête à faire face à tout ce qu'il vivait, à comprendre les fardeaux qu'il portait. Et peut-être, pour la première fois, il sentit que le courage ne venait pas seulement de lui, mais aussi de Louane. Elle lui offrait une forme de force qu'il ne savait même pas qu'il avait besoin de recevoir.

Le week-end suivant, ils se rendirent à un événement organisé par un réseau de jeunes professionnels d'Aix. Malik avait hésité à y aller, ne sachant pas si c'était le bon moment. Mais Louane l'avait encouragé, lui disant que ce serait l'occasion pour lui de rencontrer des gens qui comprenaient ce qu'il vivait, et peut-être de trouver des alliés.

Quand ils arrivèrent, l'atmosphère était vivante, les conversations animées. Louane se sentit un peu perdue au début, mais Malik, qui connaissait déjà quelques personnes, la présenta à quelques-uns de ses collègues. Elle les écouta parler de leurs projets, de leurs vies, et remarqua à quel point la discussion pouvait rapidement devenir superficielle. Les petites taquineries, les questions sur leur relation... Elle le savait, ils la regardaient différemment. Pas tous, mais certains. Elle sentait leurs regards, plus lourds que d'autres, et se demandait, comme Malik, si l'amour qu'ils partageaient pourrait vraiment survivre à ces jugements incessants.

Quand ils se retrouvèrent seuls, un peu plus tard, il la prit à part.

— Comment tu te sens ? lui demanda-t-il, ses yeux scrutant les siens.

Elle soupira, mais sourit malgré tout.

— Un peu comme un poisson dans l'eau, mais pas tout à fait à ma place. Comme si j'étais l'intruse. Et toi ?

Il se passa une main dans les cheveux, visiblement tendu.

— Pareil. C'est comme si on était constamment scrutés, jugés... et je ne sais même pas comment on va s'en sortir. J'ai l'impression qu'on nous regarde toujours à travers des lunettes déformantes, comme si on était un spectacle, une curiosité. Pas un couple. Pas deux personnes réelles.

Louane se tourna vers lui, sa main se posant sur son bras.

— Mais ça, c'est le regard des autres. Ça ne doit pas être le nôtre. On est ensemble. Et ça, ça suffit, Malik.

Ils restèrent là, un instant, à savourer ce petit moment de réconfort. Peut-être que l'avenir serait rempli de défis. Peut-être qu'ils rencontreraient encore des regards, des jugements, des obstacles. Mais ils avaient déjà franchi des étapes importantes. Et ça, rien ni personne ne pourrait leur enlever.

## Chapitre 10 : Les cicatrices du passé

Les jours passaient, mais l'inquiétude ne disparaissait pas. Louane savait que chaque moment qu'elle passait avec Malik, chaque regard qu'ils échangeaient, était une victoire. Pourtant, les fissures du passé de Malik semblaient se rouvrir de plus en plus, marquées par les évènements récents. Elle comprenait qu'il ne s'agissait pas seulement des regards des autres ou de sa mère. Malik portait une lourde histoire qu'il n'avait pas encore pleinement partagée avec elle, et Louane savait que, pour qu'ils puissent avancer ensemble, il devait la laisser entrer dans ce monde intérieur qu'il gardait jalousement.

Un soir, après une journée particulièrement difficile pour Malik, où il avait dû faire face à des remarques racistes lors d'une réunion professionnelle, Louane sentit qu'il était temps de lui poser la question qui la tourmentait depuis un moment.

Ils étaient assis dans le canapé, les yeux fixés sur la télévision, mais Louane sentait que Malik n'était pas réellement là. Ses pensées voguaient ailleurs, son esprit prisonnier de la souffrance qu'il avait dû affronter une fois encore. Louane posa doucement la télécommande sur la table basse et se tourna vers lui.

— Malik, je sais que ce n'est pas facile pour toi. Et je vois à quel point ça te touche, même quand tu essaies de ne rien montrer. Mais... qu'est-ce qui te fait réellement mal, au fond de toi ?

Il tourna la tête lentement vers elle, son regard perdu dans la lueur douce des lampes qui éclairaient la pièce. Pendant un moment, il ne répondit pas. Il semblait hésiter, comme s'il cherchait comment lui expliquer quelque chose qu'il n'avait jamais révélé à personne.

Puis, d'une voix calme, mais profondément marquée par la douleur, il parla enfin.

— Tu sais, Louane... Ce n'est pas juste des remarques de collègues, des regards dans la rue. C'est... tout un héritage.

C'est grandir avec cette sensation que, dès que tu franchis une porte, les gens te voient autrement. Comme si tu n'étais pas un humain à part entière, mais une représentation de quelque chose. Une image. Une couleur. Ce n'est pas seulement un racisme ouvert, c'est aussi tout ce qu'il y a en-dessous, tout ce qu'on ne dit pas, tout ce qu'on ressent sans jamais le formuler. C'est... l'invisible, l'inexprimable.

Il se leva, s'éloignant de quelques pas, avant de se tourner vers elle, un regard d'intensité dans les yeux.

— Et ça, c'est la partie la plus difficile, Louane. Ce que je vis, ce que je ressens... c'est comme des cicatrices invisibles. On ne les voit pas, mais elles sont là, en moi. Et parfois, je me demande si je serai un jour libre de ce poids. Est-ce que tu comprends ce que ça fait ? Se sentir comme un étranger dans son propre pays ? Même au sein de ma propre famille ?

Louane se leva à son tour, s'approchant lentement de lui. Elle posa une main sur son bras, cherchant à établir un contact physique qui pourrait, peut-être, apaiser la souffrance qu'il portait.

— Malik... je n'ai pas vécu ce que tu as vécu. Je ne connais pas tes cicatrices, mais... je veux les connaître. Pas pour t'envahir, mais parce que je t'aime. Parce que je veux comprendre ce que tu portes. Pas pour te sauver, mais pour te soutenir.

Il baissa les yeux, comme s'il était à la fois soulagé et effrayé par ses paroles. Il avait peur. Peur de la rendre complice de ses luttes. Peur de l'entraîner dans des zones obscures où il n'avait jamais voulu la mener.

— Tu n'as pas à comprendre tout ce que j'ai vécu, Louane. Et je ne veux pas que tu te sentes obligée de t'y immerger. C'est mon combat. Pas le tien.

Elle leva la tête et croisa son regard. Il y avait dans ses yeux une telle vulnérabilité qu'elle ne pouvait se contenter de rester en retrait. Elle ne voulait pas seulement être une spectatrice. Elle voulait être sa partenaire, son alliée.

— Malik... c'est notre combat maintenant. Je ne vais pas reculer. Et si ça te fait mal de parler de ça, alors je serai là pour écouter. Si tu veux que je prenne ma place à tes côtés, je le ferai. Mais je ne suis pas d'accord pour qu'on porte tout ça seuls.

Il resta silencieux un moment, son regard cherchant celui de Louane. Puis, d'un geste, il la prit dans ses bras. Un geste silencieux, lourd de sens, qui disait tout ce qu'il avait du mal à exprimer. Louane se serra contre lui, son cœur battant à l'unisson avec le sien.

— Je... je vais essayer, Louane. Je vais essayer de te parler. Mais ça ne va pas être facile. Il y a des choses que je n'ai jamais partagées. Des choses que je ne sais même pas comment formuler. Mais je veux que tu saches que c'est important. Et que je veux être avec toi. Vraiment.

Elle ferma les yeux, se sentant prête à accepter tout ce qu'il avait à lui offrir, aussi douloureux soit-il.

— Je suis prête, Malik. On va y aller à ton rythme, mais on y va ensemble.

Les semaines suivantes furent marquées par une série de discussions profondes, parfois difficiles, mais toujours empreintes de respect et d'amour. Malik commença à ouvrir peu à peu son cœur. Il lui parla de son enfance au Cameroun, de la manière dont ses parents s'étaient battus contre le racisme institutionnel, de son arrivée en France, de l'isolement qu'il avait ressenti, de la distance qu'il avait mise entre lui et sa culture pour essayer de s'intégrer, pour « être à sa place ». Il lui parla des doutes qui le rongeaient, de la honte qu'il avait parfois ressentie face à la couleur de sa peau, et de la douleur de se voir constamment ramené à cette seule identité, plutôt qu'à ce qu'il était vraiment.

Louane, à chaque étape, écoutait sans juger, sans précipiter les choses. Elle savait que le passé de Malik était une partie de lui, mais que cela ne définissait pas qui il était. Et elle le voyait, jour après jour, se détacher petit à petit de ces chaînes invisibles, se redécouvrir à travers leur relation.

Cependant, il restait des cicatrices, des peines non guéries. Chaque confrontation avec le racisme, chaque micro-agression dans la rue, dans le milieu professionnel, rappelait à Malik que, même si certains avaient évolué, la société n'avait pas complètement accepté la diversité. Et même quand il réussissait à se relever, la douleur persistait.

Mais Louane savait que la guérison passait par là. Par la reconnaissance des cicatrices. Par la patience. Par l'amour.

## Chapitre 11 : Les promesses fragiles

Le printemps s'installait doucement à Aix-en-Provence. Les arbres en fleurs embaumaient les ruelles, les terrasses se remplissaient de voix joyeuses, et le soleil dorait les façades ocre de la ville. C'était une saison de renouveau, de promesses aussi. Et Louane y voyait un signe, un appel à l'espoir après les remous intérieurs qu'elle et Malik venaient de traverser.

Malik semblait plus léger ces derniers jours. Il avait repris confiance dans ses projets professionnels, parlait d'un concours d'architecture auquel il voulait participer, et se montrait plus expressif dans leurs échanges. Louane, quant à elle, sentait leur lien se renforcer. Mais une inquiétude sourde restait tapi dans son ventre, comme si le calme n'était qu'un prélude fragile à une nouvelle tempête.

Un dimanche matin, alors qu'ils prenaient un petit déjeuner sur le balcon, Malik rompit le silence.

— Je pense retourner au Cameroun cet été, dit-il, les yeux rivés à l'horizon. Juste quelques semaines. Pour voir mon père... et régler certaines choses.

Louane releva les yeux vers lui, surprise.

— Tu ne m'en avais jamais parlé.

— J'y pense depuis un moment. Il y a des choses que je dois comprendre. Des réponses que seul mon père peut me donner. Et puis, j'ai besoin de renouer avec ce que j'ai laissé derrière moi.

Elle hocha lentement la tête, respectant son besoin. Mais une question brûlait ses lèvres.

— Et... tu veux y aller seul ?

Il mit un instant à répondre, pesant ses mots.

— Oui. Du moins au début. Je crois que j'ai besoin d'y retourner seul, pour faire face à mes souvenirs, à ma jeunesse, à ce que j'ai fui aussi. Ce n'est pas contre toi. C'est juste que… j'ai peur que si je t'y emmène tout de suite, je ne sois pas vraiment présent. Tu mérites mieux qu'un homme perdu dans ses fantômes.

Louane sentit une légère piqûre dans sa poitrine, un goût de distance au bord des lèvres. Mais elle comprenait. Malik avait besoin de se retrouver pour pouvoir mieux avancer avec elle.

Elle inspira profondément, puis répondit avec douceur :

— Je comprends. Et je ne veux pas être un obstacle sur ton chemin. Mais sache que je suis là. Que je serai là, même quand tu ne sauras pas où tu vas.

Malik se tourna vers elle, sa main effleurant la sienne sur la table.

— Merci, Louane. Tu es... la seule personne avec qui je me sens vraiment moi. La seule avec qui je n'ai pas besoin de me cacher. Et c'est pour ça que je veux faire ça bien. Je veux revenir vers toi, entier.

Elle sourit, un sourire tremblant mais sincère.

— Alors promets-moi juste une chose : reviens.

Il la regarda longuement, comme pour ancrer sa promesse dans l'espace entre eux.

— Je te le promets.

Les semaines suivantes furent remplies de préparatifs, d'appels au père de Malik, de démarches administratives. Louane, bien qu'un peu en retrait, l'aidait dès qu'il le lui demandait. Une part d'elle se réjouissait pour lui, de ce retour aux sources. Une autre avait peur. Peur qu'il change là-bas. Qu'il ne revienne pas. Ou pire : qu'il réalise qu'il devait laisser cette vie – et elle – derrière lui.

Un soir, à quelques jours du départ, ils s'étaient couchés plus tôt, blottis l'un contre l'autre. Malik jouait doucement avec les mèches de cheveux de Louane, pensif.

— Tu sais... je ne l'ai jamais dit à personne, mais... j'ai souvent eu l'impression de ne pas mériter l'amour. Comme si... j'étais destiné à être seul. À cause de tout ce que je suis, de ce que je représente pour les autres.

Elle releva la tête, cherchant son regard.

— Tu mérites l'amour, Malik. Peut-être même plus que beaucoup. Parce que tu es vrai. Et parce que tu as choisi de ne pas haïr malgré la haine que tu as reçue. C'est une forme de courage rare.

Il sourit tristement.

— Tu crois que ton amour suffira à combler mes vides ?

— Non. Mais je crois qu'il peut les éclairer. Et que le tien éclaire les miens.

Il l'embrassa, tendrement, longuement, comme si ce baiser était une promesse en soi. Un ancrage. Une réponse.

Quelques jours plus tard, elle l'accompagna à l'aéroport. Les adieux furent doux, sans larmes. Il lui murmura qu'il l'aimait, qu'il reviendrait, qu'ils avaient encore tant à vivre. Elle l'embrassa et le laissa partir, le cœur lourd mais rempli d'une étrange foi.

Elle resta longtemps à regarder l'avion disparaître dans le ciel. Et alors qu'il s'éloignait, elle se dit que peut-être, parfois, aimer, c'était aussi savoir lâcher la main de l'autre... pour mieux la retrouver.

## Chapitre 12 : Le silence entre deux continents

Le Cameroun était à six mille kilomètres, mais Louane ressentait cette distance dans chaque battement de son cœur. Malik lui avait promis de l'appeler dès son arrivée, et il l'avait fait. Une voix un peu fatiguée, mais pleine d'émotion. Il lui avait décrit la chaleur moite de Douala, les parfums épicés qui flottaient dans l'air, les retrouvailles silencieuses avec son père, dont les cheveux avaient blanchi plus vite qu'il ne l'aurait cru.

Mais après ce premier appel… plus rien pendant plusieurs jours.

Louane tenta de se raisonner. Elle se disait qu'il devait être occupé, bouleversé par tout ce qu'il retrouvait. Qu'il avait besoin d'espace, de temps. Elle évita de l'appeler en retour, de peur de déranger. Elle relisait leurs messages, regardait les photos de leur quotidien ensemble. Et puis, les doutes commencèrent à s'insinuer.

Avait-il changé d'avis ? Se rendait-il compte que leur histoire était trop fragile ? Qu'elle n'avait pas sa place dans son monde, dans sa culture, dans sa famille ? Et surtout… que lui avait dit sa mère ?

Un matin, elle se réveilla avec un vide dans la poitrine, comme si quelque chose manquait profondément à son être. Malik lui manquait, bien sûr. Mais plus encore, c'était son silence qui pesait. Ce silence tendu, opaque, sans justification. Le genre de silence qui creuse les failles et réveille les blessures enfouies.

Elle tenta de s'occuper, d'écrire, de sortir voir ses amies, mais rien n'y faisait. Elle écrivait à Malik tous les deux jours, de petits messages tendres, sobres, sans pression. Il lui répondait parfois, par des phrases courtes, comme s'il gardait une distance prudente.

Un après-midi de pluie, elle craqua. Elle prit son téléphone et l'appela, le cœur battant.

— Malik ? dit-elle en entendant sa voix à l'autre bout du fil.

— Louane... salut.

— Tu vas bien ? Tu... tu m'évites ?

Il soupira longuement, et elle entendit les sons lointains du marché ou d'une rue animée derrière lui.

— Non... Je ne t'évite pas. C'est juste... compliqué ici. Intense. Je ne sais pas par où commencer. Mon père est malade, plus que je ne pensais. Et ma mère... elle refuse de me voir. Elle a dit que si je continue avec toi, je ne fais plus partie de la famille.

Un silence lourd suivit. Louane sentit sa gorge se serrer.

— Et... tu comptes l'écouter ? demanda-t-elle doucement.

— Je ne sais pas, Louane. C'est ça le pire. J'ai grandi en essayant de fuir tout ça, en pensant que je pourrais vivre sans leur regard. Mais maintenant que je suis là... j'ai l'impression de redevenir ce gamin qui voulait juste être aimé.

— Tu es aimé, Malik. Par moi. Et tu n'as pas besoin de mériter cet amour, tu l'as déjà. Mais je ne peux pas me battre seule.

Sa voix tremblait. Elle ne voulait pas le mettre au pied du mur, mais elle sentait que quelque chose se jouait, là, maintenant. Quelque chose de fragile.

— Je sais, répondit-il. Et je ne te demande pas d'attendre sans fin. Je te demande juste un peu de temps pour démêler ce que je ressens.

— D'accord... mais n'attends pas que le silence nous tue. Je suis là, Malik. Mais je suis aussi humaine. J'ai besoin de toi. De savoir qu'on est encore deux dans cette histoire.

Il murmura un « je comprends » presque inaudible, puis la ligne coupa brusquement. Une coupure réseau ? A-t-il raccroché ? Louane resta là, seule dans son salon, le téléphone contre sa joue, les yeux embués de larmes qu'elle refusait de laisser couler.
Le soir venu, elle écrivit une lettre. Pas un message. Une vraie lettre. Elle y raconta tout : la

peur de le perdre, l'amour qu'elle lui portait, sa volonté de croire en eux, malgré tout. Elle n'était pas en colère. Elle était juste triste. Triste que le silence les éloigne plus que la distance.

Elle glissa la lettre dans une enveloppe, mais ne l'envoya pas. Pas encore. Elle attendrait. Juste un peu. Parce qu'au fond d'elle, elle croyait toujours à sa promesse.

Ensuite, les jours avaient passé. Et le silence s'était installé.

Pas d'appel. Pas de message. Rien. Louane avait bien essayé de ne pas s'inquiéter. Elle se répétait qu'il avait besoin de se reconnecter à ses racines, qu'il était sans doute très occupé avec sa famille, avec ses émotions, avec son passé. Mais la peur, insidieuse, commençait à ronger son calme. Une peur irrationnelle peut-être, mais alimentée par l'amour.

Elle lui écrivait, de temps à autre. De courts messages pour ne pas paraître étouffante. Elle partageait de petites anecdotes de sa journée, des photos du ciel d'Aix, des mots tendres. Mais elle recevait en retour un simple "vu", parfois, ou des silences prolongés.

Une semaine passa. Puis dix jours.

Et un matin, alors qu'elle buvait son café seule sur le balcon où ils avaient tant ri ensemble, elle craqua. Elle ouvrit son carnet, celui dans lequel elle n'écrivait que pour elle, et laissa ses émotions déborder :

> Tu me manques, et pourtant tu es vivant, quelque part sous le même ciel. Est-ce que tu m'oublies ? Est-ce que je ne fais plus partie de cette version de toi que tu es allé chercher là-bas ? Je sais que tu m'aimes. Je le sais. Mais le silence, lui, me fait douter. C'est violent, ce vide. C'est une absence qui crie trop fort.

Ce jour-là, elle ne lui envoya rien. Pas un message, pas un appel. Elle décida de se taire aussi. Elle voulait lui laisser l'espace, mais elle voulait surtout préserver ce qu'il lui restait de confiance.

Deux jours plus tard, alors qu'elle feuilletait un livre dans la librairie du centre-ville, son téléphone vibra. C'était lui.

> Malik : Je suis désolé, mon amour. Je reviens bientôt. J'ai beaucoup à te dire.

Son cœur fit un bond, mais la joie fut mêlée d'un pincement. Il ne l'avait pas oubliée. Mais quelque chose, clairement, s'était passé. Et maintenant, elle devait affronter l'attente la plus lourde de toutes : celle des explications.

## Chapitre 13 : Ce qu'il reste à dire

Le retour de Malik fut aussi discret que son départ avait été chargé d'émotions. Il ne prévint Louane de son arrivée que le jour même, par un simple message : « Je suis à Marseille. Je prends le train jusqu'à Aix. Je peux venir te voir ce soir ? »

Elle répondit oui sans réfléchir. Oui, bien sûr. Même si son cœur battait la chamade. Même si mille questions la traversaient. Oui, parce que malgré tout, elle voulait comprendre. Et peut-être... reconstruire.

Quand elle ouvrit la porte de son appartement ce soir-là, il était là, les yeux cernés, la barbe un peu plus longue, le regard hésitant. Il tenait un sac en toile usé et un petit sachet en papier. Il lui tendit ce dernier.

— Des épices. De là-bas. Tu m'avais dit que tu voulais cuisiner africain, un jour.

Louane les prit dans ses mains, les yeux humides.

— Merci… Entre.

Il entra. L'ambiance était étrange, entre familiarité et distance. Elle sentait son odeur, reconnaissait ses gestes, mais quelque chose avait changé. Ou peut-être, était-ce simplement eux deux, après tout ce silence.

Ils s'assirent sur le canapé, comme deux amis qui auraient longtemps été fâchés. Il prit une inspiration longue.

— Je suis désolé, Louane. Vraiment. Je t'ai laissée seule alors que je t'avais promis d'être là. J'ai fui.

— Pourquoi ? demanda-t-elle, sans colère, juste avec une tristesse calme.

Il passa une main sur son visage, visiblement ému.

— Parce que j'étais perdu. Parce que voir mon père affaibli m'a rappelé tout ce que j'avais fui. Parce que ma mère... m'a dit des choses que j'aurais préféré ne jamais entendre.

Louane baissa les yeux.

— Elle a parlé de moi ?

— Oui. Elle m'a dit que je trahissais mon sang. Que j'étais en train de me couper définitivement de ma culture. Elle n'a même pas voulu te rencontrer. Juste... te rejeter.

Un silence s'installa. Louane sentait les larmes monter, mais elle se retint.

— Et toi ? Tu penses ça aussi ? Que tu trahis quelque chose en étant avec moi ?

Il la fixa longuement. Ses yeux brillaient.

— Non. Mais je pense que j'ai peur de tout perdre. Ma famille, mes repères, mes racines. Et en même temps, je ne veux pas te perdre non plus. C'est comme si j'étais entre deux mondes... deux peaux. Et je ne sais plus comment les faire coexister.

Elle prit une grande inspiration, puis posa sa main sur la sienne.

— Peut-être que le secret n'est pas de faire coexister les deux, Malik. Peut-être que c'est de créer un troisième espace. Le nôtre. Un espace qui n'a pas besoin de choisir, qui n'efface rien, mais qui invente.

Il la regarda longtemps. Puis, d'un geste presque instinctif, il posa son front contre le sien.

— J'ai eu peur que tu partes. Que tu en aies marre d'attendre.

— J'ai eu peur que tu ne reviennes pas. Que tu choisisses la sécurité de là-bas à l'inconfort d'ici.

Il sourit tristement.

— Tu es l'inconfort le plus précieux que j'aie jamais connu.

Ils restèrent ainsi, front contre front, cœur contre cœur, sans parler. Il n'y avait plus de questions, plus de rancune. Juste cette vérité nue : ils s'aimaient. Même si c'était compliqué. Même si c'était douloureux parfois. Même si le monde autour d'eux ne voulait pas toujours les voir unis.

Plus tard dans la nuit, alors qu'il dormait contre elle, Louane regarda le plafond. Elle savait que tout n'était pas réglé. Mais une chose était certaine : ils étaient encore deux.

Et cela, en soi, c'était déjà beaucoup.

## Chapitre 14 : Une maison pour deux âmes

L'hiver s'était doucement retiré d'Aix-en-Provence, laissant place à un printemps tiède et parfumé. Les marchés s'étaient remplis de couleurs, les ruelles s'étaient mises à fredonner sous les pas des promeneurs, et les terrasses avaient retrouvé leurs éclats.

Louane et Malik, eux, avançaient à leur rythme, lentement mais sûrement, comme on réapprend à marcher après une longue blessure. Depuis son retour, quelque chose avait changé. Ils étaient plus attentifs l'un à l'autre, plus vulnérables aussi. Il n'y avait plus de masque, plus de faux-semblants. Leur amour n'était plus une évidence confortable : c'était un choix. Un choix quotidien, lucide et parfois douloureux, mais assumé.

— Tu te souviens de cette maison en pierre qu'on avait vue l'an dernier ? demanda Louane un matin, en déposant une tasse de thé devant Malik.

— Celle avec la glycine en façade ?

— Oui. Elle est toujours à vendre.

Il la regarda, surpris.

— Tu veux qu'on achète une maison ?

— Je veux qu'on construise quelque chose. Pas seulement dans nos cœurs, mais dans la vie aussi. Un lieu à nous. Une maison qui ne porte pas les jugements du passé. Un endroit où personne ne nous dira qu'on ne devrait pas être ensemble.

Il se leva, s'approcha d'elle, la prit dans ses bras.

— Une maison pour deux âmes. La tienne et la mienne.

— Même si elles ne viennent pas du même continent.

— Justement. Parce qu'elles se sont trouvées au milieu.

Les semaines suivantes, ils visitèrent plusieurs biens. Parfois ils riaient de l'état des lieux, parfois ils s'enthousiasmaient. Malik dessinait déjà des plans de rénovation, Louane imaginait son bureau d'écriture baigné de lumière. Ils ne voyaient plus seulement des murs, mais des promesses. Ils parlaient enfants. Racines. Accueil. Ouverture.

Un jour, alors qu'ils sortaient d'une maison un peu bancale mais pleine de charme, Malik s'arrêta dans la rue, le visage soudain grave.

— Est-ce que tu es prête… à ce que tout ne soit pas toujours simple ? Que ma mère ne t'adresse peut-être jamais la parole ? Que certains regards soient lourds ?

Louane prit sa main.

— Je suis prête à être la femme que tu aimes. Et ça inclut tout ça. Les douleurs. Les rejets. Les reconstructions. Mais aussi les joies, les folies, les projets. Ta couleur, ton histoire, ta famille... tout cela fait partie de toi. Et je n'ai jamais voulu d'un amour partiel.

Il ferma les yeux. Il se sentit compris. Entier. Chez lui.

Ce jour-là, ils firent une offre sur la petite maison à la glycine. Ce n'était pas la plus grande, ni la plus moderne. Mais elle avait une âme. Comme eux. Une âme cabossée mais belle, libre, et prête à accueillir l'amour dans toute sa complexité.

## Chapitre 15 : La peau des promesses

Le jour de la signature chez le notaire, Louane tremblait légèrement en serrant la main de Malik. Il la regarda et lui glissa à l'oreille :

— On dirait qu'on s'apprête à se marier.

Elle sourit, amusée, mais une émotion inattendue la saisit. C'était peut-être ça, en effet. Un mariage d'âmes, de projets, d'espérances. Leur maison, c'était leur oui silencieux au monde, malgré les doutes, malgré la distance, malgré les peaux différentes.

Ils s'installèrent dans la maison de pierre au printemps. Les premiers jours furent un mélange d'excitation et de chaos : des cartons partout, des ampoules nues, une chaudière capricieuse... mais aussi des petits déjeuners sur les marches, des soirées sous une couverture, et des murs qui, peu à peu, prenaient la couleur de leur bonheur.

Un jour, alors qu'ils repeignaient ensemble le salon, Malik s'arrêta. Il tenait un pinceau à la main, le front perlé de sueur.

— Louane...

— Hmm ?

— Je t'ai écrit une lettre, au Cameroun. Une lettre que je n'ai jamais osé t'envoyer. Elle est dans mon carnet, rangée au fond du tiroir.

Elle s'arrêta à son tour, intriguée.

— Pourquoi tu ne me l'as pas donnée ?

— Parce que j'avais peur qu'elle te fasse fuir. C'était... brut. C'était ma douleur nue, ma colère, mes contradictions. Et au fond, j'avais peur que tu lises en moi quelque chose que je ne voulais pas voir moi-même.

Elle posa doucement son pinceau.

— Est-ce que je peux la lire maintenant ?

Il hésita. Puis hocha la tête.

Elle alla chercher le carnet. La lettre était là, sur une page arrachée, écrite à l'encre noire :

> Louane,

Je t'aime. Mais parfois, je ne sais pas comment aimer entre deux mondes qui me tirent chacun de leur côté. J'ai honte d'avoir honte. Honte d'avoir pensé, ne serait-ce qu'une seconde, que ton amour pourrait être une menace à ce que je suis. Ma mère me regarde comme si j'étais devenu un traître, et ça me tue. Et pourtant, quand je pense à toi, je ressens la paix. Cette paix que je n'ai jamais connue.

Peut-on aimer quelqu'un sans comprendre encore tout ce que cela implique ? Peut-on bâtir avec l'inconnu ? Je ne sais pas. Mais ce que je sais, c'est que tu me manques, comme une partie de moi-même. Je veux revenir. Si tu es encore là.
Malik.

Quand elle releva les yeux, il la fixait, le cœur au bord des lèvres.

— Tu es revenu. Et j'étais là.

Elle le prit dans ses bras, longtemps. Dans ce silence, il n'y avait plus de peur, plus de questions. Juste la certitude d'avoir traversé une épreuve et d'en ressortir plus forts.

Quelques mois plus tard, par un soir d'été, ils organisèrent un dîner dans leur jardin. Quelques amis, quelques rires, une playlist douce, des plats mêlant cuisines française et camerounaise. Malik leva son verre.

— À ceux qui choisissent de s'aimer, même quand le monde doute. À ceux qui construisent là où il n'y avait rien. À ceux qui portent leurs différences comme des richesses. À nous.

Et Louane, émue, ajouta :

— À la peau des promesses. Celle qu'on sent, qu'on frôle, qu'on protège. Celle qui recouvre nos peurs, mais aussi notre force. Et qui, un jour, nous unit.

---

*À celui qui m'inspire profondément, révèle le meilleur de moi-même et m'élève chaque jour vers une version plus accomplie de moi.*

© 2025 Harmonie J.
Édition : BoD · Books on Demand,
31 avenue Saint-Rémy,
57600 Forbach, bod@bod.fr
Impression : Libri Plureos GmbH,
Friedensallee 273, 22763 Hamburg
(Allemagne)
ISBN : 978-2-3225-9484-9
Dépôt légal : Avril 2025